정원 안의 흙 한 점

한송자 시집

시음사
시사랑 음악사랑

정원 안의 한 줌 흙

나의 발 딛는 우주는 다 내 정원이다.
에덴동산에서 쫓겨났으나 그곳을 그리워하는 염원에 연유해서인지 처음에 받은 정원과 사물 전체상을 나의 마음에 먼저 갖추고 있으니 시멘트 아파트 방 안에서도 누릴 동산은 늘 펼쳐지더라.

자연의 리듬은 사람의 정신과 육체를 지배하기에 내 마음에 하늘이 열리고 새의 소리를 들을 청각이 있어 물이 흐른다면 어디든 그곳은 내 정원이다. 정원 안의 하늘과 궁창 안의 새들, 땅을 기는 개미들, 씨 맺는 풀들 모두는 타인을 복사하지 않고 오히려 자기답게 사는 당당함으로 자기 본성에 충실하며 조바심 없이 아름다움을 피워 내는데도 고등동물인 사람은 자신의 욕망과 야망 충족을 위한 경쟁으로 질주하는 그 틈 속에서는 타인에게 무정함과 비정한 감각만 분주히 횡단하는 듯하다.

귀한 것들을 쌓기는 쌓으나 부족함만 쌓였고 없는 것만 수북하여 쉴 수 없는 안식이었다. 가질수록 내 안의 교만은 고개를 들었고 내 주위가 여유로워지기는커녕 소외될까 봐, 뒤처질까 봐 초조했고 불안했으며 조급함으로 누가 묶지 않아도 포박당한 거미줄에 매여 나 스스로 돌아볼 여유조차 오랫동안 없었다.

지금은 어디든 펼쳐진 장엄한 아름다운 광경을 느긋한 평안 가운데 내 정원으로 맞아들이며 즐긴다. 또 가뭇없이 사라지고 파괴된 참신한 자연 동산에 대한 회복을 간절히 생각하여 이상세계를 그리워한다.

부둥켜안은 정원과 나 우리 둘은 서로에게 스며들어 경계선이 없는 원의 형상을 이룬다. 그 중심에 아름다운 꽃들과 멋진 경관들이 함께하니 내 품은 정원을 연발 찬탄하며 얼싸안음뿐이다.

내 마음과 생각에 기록된 흠향한 정원에서 기쁨을 누리고 새로움을 향유한다. 풍경과 품격과 운치가 표현되는 정원 안에서 삶의 한계를 알아 변화를 두려워하지 않고, 밀려오는 감정에 휘둘리지 않고, 내면의 목소리에 집중하려 한다.
기쁨을 빼앗고 옭아매는 장애를 줬던 근심, 두려움, 우울, 걱정을 늘 제하려 한다.

골짜기 언덕, 험한 산, 풀들의 꽃, 차일 같은 하늘이 펼쳐진 광활한 정원 안에서 내가 얼마나 미소한 하나의 점 존재인지 깨닫는다.
나는 흙 한 점임을 알고 그 큰 우주 정원을 누리는 복에 흥감스럽다.
통의 한 방울 물 같고, 저울 위의 작은 티끌 같은 내가 이 큰 정원 안에서 한 줌 흙이다.

선물로 받은 내 시간과 공간을 축복으로 감탄하며 한껏 잔치를 베풀어 향유한다. 즐거이 행복한 세상을 꿈꾸는 사람들의 가까운 이웃이 되어 시를 쓰며 소통하여 이 행복의 바이러스를 전파하고자 한다.

2024년 12월
시인 한송자

QR코드 스마트폰으로 QR 코드를 스캔하면
시낭송을 감상할 수 있습니다

 본문
시낭송
감상하기

 제목 : 할머니의 화로
시낭송 : 박영애

 제목 : 내 임은
시낭송 : 최명자

 제목 : 자존심
시낭송 : 박영애

제목 : 다가오는 봄
시낭송 : 박영애

 제목 : 사춘기
시낭송 : 조한직

 제목 : 세월
시낭송 : 박영애

 제목 : 할머니의 구들방
시낭송 : 박영애

 제목 : 옛 기억
시낭송 : 박영애

 제목 : 포대기
시낭송 : 장화순

 제목 : 기다림의 코스모스
시낭송 : 박영애

영상은 YouTube 정책 또는 운영 관리에 따라 삭제될 수도 있습니다.

시인은 자연을 이야기하고 시낭송가는 자연을 품었다
글자는 날개를 달아 언어로 날고 소리는 자연에 눕는다

* 목차 *

* 목차 *

＊ 목차 ＊

추석 아르바이트생을 위한 기도

애당초 일확천금은 눈 감았습니다

추석에도 높은 시급을 따라
앞바퀴를 따라가는 뒷바퀴처럼
내일의 삶을 굴려 가는 젊은이들이여!

고콜 속에 관솔불처럼
어둠 속 작은 빛으로 밝히는 청춘이여!

팔을 굽혀 베개로 삼고
잠을 잘 수 있는 낭만의 젊음을 무기로 삼으소서!
홀로 자는 외로운 잠자리가
어느 날 포근한 보금자리 올 때까지 잘 참으소서!
없는 것을 애태우지 말고 있는 것을 헤아려
하늘 별들이 마음의 별로 쏟아져 반짝이게 하소서!

오늘이
맘 가난한 용사들만이 가질 수 있는 일화(逸話)를 만드는
밑거름이 되게 하소서!

* 고콜 : 두메에서 밤에 불을 켤 때 불붙은 관솔을 올려놓기 위해 벽에 뚫은 구멍

당신은 위대합니다

처음부터 떨떠름해 손절할지 망설였습니다만
그래도 한 동네 이웃이라 살갑게 대하려 애썼습니다

전등 교체하러 오신 전기가게 여사장님의 남편
우리 집을 밝혀 주시면 임무 완수인데
자신이 교사였다 과시하며 시고 떫은맛을 내는 모습이
지레 터지는 개살구 맛이었습니다

어떤 노작이라도 쓸 만한 위력이 있어
자신이 무시 안 하면 다 위대합니다

내가 못 하는 일 하는 당신은 위대합니다.

할머니의 화로 1

청자 백자도 아닌 데
우리 집 진품이 된 할머니의 난로

할머니는 위로 셋을 잃고 또 떠날까 노심초사하며
우리 집 애완 집합체였던 나를
손바닥에 받아 놓지 않고 애지중지 키웠다

돌림병이 돌 때마다 쩔쩔 끓는 불덩어리
멈추지 않는 기침 애절해 하셨고
끙끙 앓는 숨소리에 애간장 녹이셨고
토끼 눈같이 달아오른 고통 안쓰러워
원기소 몇 알 더 먹이시려
업고 안아 어루만진 애잔한 정성이었다

엄동설한의 추위 속 애끓는 할머니의 애고가 담긴
타닥거리는 화로 속 꺼져가는 불쏘시개 살리려는
할머니의 난로가 우리 집 보물이다.

* 애고 : 사랑하여 돌보아 줌

제목 : 할머니의 화로
시낭송 : 박영애
스마트폰으로 QR 코드를 스캔하면
시낭송을 감상할 수 있습니다

누군 아니랴

청운의 꿈 이뤄 보려고
한껏 별 따는 심정으로 달려보니
한 손엔 낙방이라 빈손이나 다를 바 없어
떠도는 뜬구름 잡는 허무였습니다

사귀는 정 없이는 못살 줄 알고
보드레한 옷 걸치고 걸어보니
남는 건 쓰렁쓰렁 베옷 입은 모양이나 다를 바 없어
일렁이는 바람 잡는 공허였습니다

본향 찾는 나그네로
늦으나마 임으로 내 마음 채워지니
순례하는 숙영지에서 꾸밈없이 예스러워
그나마 단순하고 당당해져
소리 없이 환하게 눈웃음치는 내 사랑입니다

나를 쌍글거리게 한 지존한 임으로
그나마 나처럼 누구나 쌍그레 되면
공허가 아닌 다 채움입니다.

* 쌍글 거리다 : 소리 없이 귀엽게 눈웃음 치다

연꽃

진창에 폭 빠져 질펀한 자리에서
늪에 깔려 꼴통을 부릴 법도 한데
하늘로부터 받은 밤이슬을 자양분 삼아서일까
시궁창 같은 온갖 소리를 온몸으로 받아
정제된 고요로 안온을 꽃 피운다

절망의 수렁 눅눅한 세상에 발 딛고
울렁대는 수면 위에 떠 있어서
도란도란 앉은 아이들이 표류할 법도 한데
땅끝부터 올라온 아침 안개
다 걷히도록 실컷 놀아서일까
어른 된 아이들이 고견을 자아내 함빡 파안대소한다.

접시꽃

그분께는 무례하게 대하는 사람 없었을까
혈압이 발갛게 오르셨을 때 한 눈 지그시 감으셨고
늘 뜻대로 되지 않는 세상이라며
미련 따위는 구정물 버리듯이 엎으셨지요

미워하는 맘 가진 사람이 곪아 터진다고 하셨으니
님이라 험한 말 들은 적 없었을까
어찌 믿었던 분에게 배신당하지 않았을까
아꼈던 사람에게 버림받은 적 없었을까만
기쁘다고 날뛸 것 없고 기쁨 뒤에도 슬픔이 온다며
상처받을 일 없다는 듯 슬프다고 통곡하지 않으셨고
지나가는 감정에 잡아먹히지 않으셨지요

혼자 괴로워하시다 섭섭한 공황 상태 맞닥뜨려
머리가 쪼개지듯 아프다 하셨으니
그 설움 가슴에 담고 엉클어진 우울 보따리 건강하게 푸시려
철야기도로 울면서 그 마음 달래셨지요

스타카토 없는 듬직한 음으로 누구에게나 편한 맛 내시면서
좋은 게 좋다며 말거리 많은 주위를 껌벅거리게 하셨지요

어머님 닮지 못한 나는 오늘도 스치다가 한 번 더 뒤돌아보며
어머님의 하얀 웃음을 흠모합니다.

안부

바쁜 일상 속에
쫀득한 살가운 얼굴
머릿속에 그리며

청결한 신뢰 위에 쌓은
보드라운 우리의 단단한 사랑을
확인하며

방긋방긋
웃는 꽃이 됩니다.

15

앵두

금성산 기슭의 상큼한 바람이 안겨다 준
몽실몽실한 초록 추억이
꽉 차 영글었다

해지고 어둑어둑 땅거미 덮여
엄마의 부름도 아랑곳없이
헌 깡통에 반딧불 잡아넣고 뛰었다

능금 밭 지나 도달한 아무도 없는 길옆
붓 대롱에 목화씨 넣어 오서
엄동설한을 녹이시려 했던 문익점 기념비 주위와
바람 불던 조문국 왕릉 터를
깨소금 이야기 맛 다시며 빙빙 돌았다

자주 열었던 우리들의 뜀박질 축제와
잡은 친구 손 놓기 싫어했던
그 재미를 떠나온 이 타향에서
옛 도읍 성 터와 우뚝 선 탑 리
그 먼 거리를 지금도 자주 배회한다

초전 앞마당 우물 옆
알알이 맺힌 빨강 그리움은
해마다 입 안에서 농익은 고향 즙이 되어
더 찐한 달콤함이 된다.

색맹

장님은
만지고 듣는 것은 다 알 수 있어도
아름다운 자기의 색깔만 본다지요

누구나
자기 정신 시력 수준에 따라
남을 볼 수 있으니
자신을 훌쩍 넘어서
남을 파악하고 이해해 볼 수 없으니

본 것만 알아차린 작은 시력이
보고 안만큼
내 맘의 안일(安逸)이 커져서
세상 아름다운 것 다 못 보고
자기 안에 있는 색깔이 장엄하다고
만족할까 봐 두렵습니다.

하루

바람처럼 불어닥친 고난을
끈기 있게 참고
임을 바랍니다

믿어 온 임을 앙망하며
그리움을 기립니다

임을 사모하여
기대와 설렘으로
미소를 머금습니다

임을 바라보는 보람과 즐거움이 있어
오붓한 하루를 즐깁니다.

아쉬움

무
궁
화
꽃
이
피
었
습
니
다

감은 눈 뜨고 찾아봅니다

무궁화꽃이 피었습니다
달려가 찾고 잡아봅니다

무궁화꽃이 피었습니다
꽉 잡고 보니
눈 뜨고 보니
내가 바라고 믿던 그 사랑은 사라졌습니다

아직 온 누리는 어두워 깜깜한데
자세히 보았더니
명성 높은 그 보물은 애당초 없었습니다

계속
무궁화꽃이 피었습니다만
되뇝니다

내 안에 되돌아온 되뇜 만이 나의 친구였습니다.

임 자리

구름 낀 날에나
바람 부는 날에나
안개 자욱한 날에나
좌정한 햇볕은 그 자리에 있듯이

임 향한 제 마음
늘 그 자리 지키렵니다

어제나 오늘
변함없는
임 거기 계시니
나도 덩달아 요동치지 않습니다.

내 임은

엄마 무릎 위에서 애교 부리며
하르르 웃던 우리 집의 목련이
다소곳이 입을 다무니

이번에는 뜰 안의 철쭉이
까르르 웃어 줄
망울 채비 한창입니다

하양 웃음 방실거리며
집 문 앞에 건실히 서 있던 라일락이
엄마의 풍만한 가슴 향기
품부(稟賦)하여 미풍에 흩날립니다

사방팔방 어디든 계신 나의 임은
준비도 없이 차림도 없이
늘 꽃처럼 환하시어
사철 만개한 행복 꽃입니다.

*품부(稟賦) ; 선천적으로 받음

제목 : 내 임은
시낭송 : 최명자
스마트폰으로 QR 코드를 스캔하면
시낭송을 감상할 수 있습니다

바램

맑은 하늘 내 안에 담아
부신 햇살 뿌려서
후미진 곳 다 비추고 싶어라

흐린 하늘 내 가슴에 담아
음침한 너의 마음 널리 헤아려 다독이며
위로하고 싶어라

비 내리는 하늘 닮아
가뭄에 할딱이는 그 땅에
주르르 뿌려
시원함 더해 주고 싶어라

널따란 하늘 닮아
투박한 땅에서
하늘 바라보며 어울리는 여린 잎들과
마냥 어깨동무하고 싶어라.

임은 나에게

임은
그냥 묵묵히
푸르게 서 계심도
내게는 힘입니다

마냥 같이 넘실대며
이리저리 굽이치는 것도
내게는 장관입니다

없는 둥 마는 둥
여유작작한 것도
내게는 멋져 보입니다

내 안에 굽이치는
임의 움직임은
내게 살맛입니다

사랑한다며
호들갑 없이도
임은 내 안에
나는 임 안에 숨 쉽니다.

임의 몸짓

임의 살가운 속삭임이
내 맘을 두드리면
딱딱한 내 마음이
영락없이 녹아 흐릅니다

임의 사뿐한 귀대임이
내 어깨에 잇대시면
녹록한 내 고달픔이
안개처럼 걷힙니다

임의 그윽한 바라봄이
내 눈과 마주치면
세상사 억울함이
비구름 사이 햇빛 닮아
하얗게 말갛습니다

임의 말 없는 응대함이
내게 큰 울림 답이 되어
방황하던 내 슬픔이
편안하여 큰 힘이 됩니다

임의 모든 몸짓은
내게 아로마 향 체취입니다.

치매 어르신

뽀얀 웃음꽃이 활짝 피었다가는
흩날리는 봄날의 복사꽃 마냥
바닥에 떨어져 하얗게 널브러지면
주섬주섬 주워 모아 끝없이 쌓아 놓고도
흔들흔들 무한히 소용돌이친다

말 잃은 노인의 새콤한 추억들이
돌다리 건너뛰듯 펄쩍 지나가면
싸한 심장에 개켜놓은 검은 그림자는
가느다란 은줄에 온통 한 몸이 걸린 고추잠자리 마냥
허무하게 외줄타기하며
작은 동공 속에서 끝없이 출렁인다

자연과 인간의 존재 능력이 불현듯 양분되어
저만큼 지나간 우주 밖의 회선 속 새로운 사물로
홀로 존재하는 식상한 단독자로 서게 될 때
외롭게 오롯이 방황하는 나그네로 전이하여 맴돈다

배경과 정황의 맥락이 끊긴 편향 동화에 빠져
늙음의 진실을 한없이 외면하고 싶은 환시는
조각 조각난 엉뚱한 현실 앞에 펄펄 흩날려
오리무중의 자기 믿음으로 마냥 살고 싶을 뿐이다.

자존심

큰 강가 바위틈에
숨겨 놓은 보물인 양
내 몸의 허리띠처럼
내게 딱 달라붙어
나 혼자에게만은 귀한 것이지

완전히 썩어져 고약한 냄새 나는
아무짝에도 쓸모없는 허리띠처럼
흘어 버려야 할 것이나
누가 버려도
누구도 주워 가지 않는 것이지

사막 바람에 흩날리는 초개처럼
그냥 내버려두면
말풍선처럼 날아오르길 좋아하고
그냥 내버려두면
기고만장하게 스스로 거구인 양
영영히 터지지 않는 것이지

내가 나를 키우면 키울수록
한없이 작아지고 초라해지는 것이지.

제목 : 자존심
시낭송 : 박영애
스마트폰으로 QR 코드를 스캔하면
시낭송을 감상할 수 있습니다

다가오는 봄

시리고 어두운 긴 겨울이 기지개 켠 후에
내팽개쳐진 맨몸의 아픔 위로
피워 낸 꽃 세상입니다

우리가 앉은 꽃자리에서 깨어난 봄 꿈은
더 아늑하고 살포시 다가옵니다

꽃물 담긴 가슴에서
뿜어 올린 꽃 웃음은
달콤한 꽃 냄새 번지는
꽃 입술의 새봄 향기입니다

아름답고 환한 봄날의 설렘이
가볍게 나는 봄꽃 나비와 함께
해 맑은 꽃잎 향연 날개 펼칩니다

풋풋하고 상큼한 기운의 완연함이
다소곳한 봄 행복을
오래도록 간직하고 싶습니다.

제목 : 다가오는 봄
시낭송 : 박영애
스마트폰으로 QR 코드를 스캔하면
시낭송을 감상할 수 있습니다

사춘기

바다가 아침에 포도주를 마신 듯
머리를 산발하고 정신을 잃은 채
미친 듯이 날뛰고 있습니다

배고파 잡아 삼키려는 성난 사자가 으르렁대듯
큰 물결을 일으켜 입 벌리듯이
자기만의 말로 토해댑니다

바다가 저녁에 독주를 마신 듯
목초지가 황폐하여 울부짖는 목자의
통곡 소리처럼 훌쩍거립니다

비틀거리면서도 이리 떼가 함묵하듯
맹렬한 눈에 힘을 줍니다
몸부림치며 잿더미 위에 뒹굴면서
누군가 제어해 잠재울 안정제가 따로 없습니다

풋풋한 오늘은 자신을 포효하고
알 수 없어 불안한 내일엔
소용돌이치는 위기의 회오리바람이
덜 불기만을 기다릴 뿐입니다.

제목 : 사춘기
시낭송 : 조한직
스마트폰으로 QR 코드를 스캔하면
시낭송을 감상할 수 있습니다

세월

폭풍 한설로 모질게 다가와서
앙금 끼도록 부대끼다가
스산한 자리를 남긴 채
말없이 떠나려 하는 뒷모습
그래도 서운하여 울컥하기만 합니다

뭐 준 것도 없이
내 모든 것 요동치게만 한 줄 알았는데
얼음조각 녹인 뒤
진한 꽃피울 채비의 경륜과 나이테를 남긴 채
또 온다는 언약을 두고
떠나려는 희미한 여운
사라지는 안개 같아 아쉬워 서럽기만 합니다

준 것 아무것도 없는 빈털터리 같아도
애린 속 아픈 진통 없이는
알찬 성장 없다며
후대에 하사할 덕담 한 줄 남긴 채
살며시 뒤태 보이며 떠남은
아련한 꽃말 같아 귀하기만 합니다.

제목 : 세월
시낭송 : 박영애
스마트폰으로 QR 코드를 스캔하여
시낭송을 감상할 수 있습니다

30

오랫동안 난

내 생각만 하다가
꼭 해야 할 말을 가둬 둔
난 벙어리였네요
오랫동안

감추어 둔
내 속말만 듣다가
님 말을 듣지 못한
난 귀머거리였네요
오랫동안

내 상처만 아파하다가
님 아린 맘 알지 못한
난 봉사였네요
오랫동안

장애자로 지나간 내 잘못을
오늘의 삶 속에서
님을 위해 오로지 녹아내고 싶네요

내 입 내 귀 내 맘을
늦게나마 오로지 님을 향해 열고 싶네요
영원히.

뇌물

하늘에서 떨어진
보물인 줄 알았나요

달게 넙죽 받아
혀 밑에 감췄나요

아껴 버리지 않고
고이 입에 물고 녹였나요

삼킨 것은 다시 토할 것이지요
씹은 것은 독사의 독이지요

땅을 기는 뱀의 혀에 독은 퍼져
만진 자마다
숨을 만한 흑암이나
짙은 그림자 드리울 곳 없어 살기 어렵지요.

할머니의 구들방

땀 저린 가슴에 지친 하루 지핀 군불이
바람 숭숭 뚫린 저녁 문풍지 틈 사이로
등허리를 지져 뜨뜻이 펴지게 했다

시린 바닥 대청마루 건너 왁자지껄 한바탕
바람 따라 도는 바람개비들 같은 손부들
몸 비비어 콩시루 정을 토닥이며
솜이불 속에 널브러진 다리들 모았다

따스운 입김 쐬어 온정으로 핀 굴뚝에
비축된 사랑담은 따끈한 이불 밑의 밥그릇
발그레 솔가리 장작불로 사랑을 구워
허기져 몸으로 느낀 오한을 녹였다

숯 태운 화로 안은 할머니 이야기 교실은
달콤한 하루 다 못 태운 손녀 성장의 맘을 태워
도란도란 커가는 구수한 열매를 꿈꾸며

용신(容身)한 그 자리에 가족들 굳은살 맞대기만 하면
소란한 세상이 평온을 녹아내는 용광로 되었고
으스스 떨려 시큰거리는 삭신도 녹녹히 펴
아픈 통증을 제어하는 고요한 은신처였다.

* 용신(容身) : 세상에서 겨우 몸을 붙이고 살아감

제목 : 할머니의 구들방
시낭송 : 박영애
스마트폰으로 QR 코드를 스캔하면
시낭송을 감상할 수 있습니다

분노의 위력

화장발 좋게 잘 포장된 이성 위에
일시적 광란인 분노로 벌거벗으면
부글부글 콩죽 끓는 분노를 잡지 못한 대가는
전쟁으로 삼켜져 날아가 버린 안전선이다

날쌘 무기인 분노가 나를 쳐 삼켜
맥없이 자빠지게 하면
철길 레일처럼 놓인 어리석음을
나란히 걷게 하고
후회는 내 뒤통수를 잡는다

하잘것없이 가진 힘을 탕진하는 분노는
찰나에 속생각까지도
유황 개천물처럼 분출해 내면
기름진 맘 밭을 불로 태운 듯 초토화하고
혈기 왕성한 감정으로 뭉친 분노는
나타낼수록 시커먼 불에 탄 수치스러운 재를 먹는다.

소나무 1

보좌에 앉아 중요 문서에 찍을 귀인의 인장 반지처럼
호화 주택 안에 우뚝 서
일취월장 하늘 바란 번창 누립니다

환영받아 한 가닥 빼어낸
촉망받는 영달한 훈수꾼 고위 명장 같아도
전수받은 고고한 자태 누리기는 한껏 외롭기만 합니다

때론 들짐승 소굴이 될 것 같은 산야까지 버티며
적막한 땅 벼랑 어디든 사슴 발처럼 디뎌 서서
혹한의 회오리바람 휩싸고 슬픈 기억 밀어닥쳐 하늘 덮어도
두려운 일 부딪쳐도 허둥거리지 않고
전쟁터에서 승승장구 기세당당한 그 빼어난 매력
청청한 가슴에 늘 넘쳐납니다

한 번 죽을 것을 확실히 알기에
전쟁터에서 적군을 짓밟듯이 아래로 튼튼히 땅을 밟으며
불사약으로 마취된 초록의 비장함으로 아름차게
살아 있는 동안은 영역을 넓힙니다
호젓이 타고난 제 몫을 다 하기 위해서입니다.

할머니의 화로 2

한고비 넘긴
하루의 애환을
긴 한숨으로 덮고

아픔을 억누르던
부식된 상처를
서러운 애가로 다독이며

애끓는 외로움
나들목 세월에 주저앉아
가슴에 묻었던 불쏘시개
하얀 재로 다 태우면

시린 맘
얼음장처럼 굳었던 한스러움
발그레 녹인 화덕에
녹녹한 가슴을 불태운다.

무인도

착각했다
황무지 되어
아무도 살 수 없는 땅인 줄로

경이롭다
바람에 절인 비릿한 향
바다 위 저습지 미세 홍조식물 같은 해조류
용암 괴석이 굳은 벌집 구조의 타포니 군락이
지역을 끊고 빙 돌아가는 암석해안

태풍이 불러일으킨 기암괴석 절경
돌연변이 물 가옥 위의 붉은 생물의 보고
불멸의 활원 운동이 생성되어 있는 섬

부드럽게 침묵하며 은근히 할 말을 다 전하여
모든 이가 살고 싶은 내 고향처럼 또 가고픈
나만의 섬에서 사는 육지 된 내 맘에
연결된 분홍빛 바다

연중무휴로 연결이 된다 아직도....

생각의 가치

삶이 암담할수록
하늘빛 엮어
꿈꾸는 갈망

답답하고 참담할수록
기도로 버티어
사랑 향 피우며
심장에 박힌 희망의 끈 짜낸다

간절히 행복하고 싶어서.

개수대 막힘

어제까지만 해도
상한 찌끼 감정 얽혀서라도 끈끈하게 살며
둥글둥글 한 통 속에 사는 게 좋다더니
갈등 찌끼 들끓음의 메들리와 동거함이
오늘은 체하여 띵한 머리 잡고 숨 막혀하며
한계에 도달했는지 참다못해 토악질을 해댄다

빙글빙글 돌리며 칭칭 감아 흘려보내지 못한
머리카락을 용해 못해 달궈진 몸부림에 역류하며
여과 못 한 오래 갇힌 가스 기억들이 꾸물거린다

날아들어 온 머리카락이 잘 흐르는 것들을 잡으려
구석진 은밀한 곳에 구부려 엎드린 사자처럼
걸음을 에워싸 노려보다 자신이 놓은 덫에 엉켜서
말없이 무덤에 누워있다

낚싯바늘에 걸린 고기처럼 모조리 끌어내어
땅바닥 쓰레기통에 그들을 내동댕이칠 시점이다
행한 대로 보응 받도록

둥지를 틀고 코 찌르도록 악취를 퍼뜨린 죄로

안빈낙도

바깥세상은 온통 추운데도 불구하고
조용히 창살에 이어주는 달보드레한 볕에
날뛰던 고양이 말없이 햇살에 안겨
양탄자 위에 누워 눈을 감는다

들뜬 하늘에 뛰놀았던 정다운 친구들 이름
애타게 찾던 안식에 편안히 새겨지고
낮잠을 즐기는 고양이 입가에 거듭 미소 짓는다

먼 데서 온 하늘
광선 입은 따스함에 펼쳐지는 고요한 달기
포근함이 퍼져가는 즐거움에
감지덕지한 한나절은 온통
칠색 영롱함 너울대어 한포국하다.

* 한포국하다 : 넉넉하게 가진 느낌이 있다.
* 달기 : 보기에 환하여 귀하게 될 기색

41

12월 나무

지는 해 비낀 볕 아래
바짝 마른 겨울나무
시린 찬바람에 잉잉 웁니다

철 따라 빠른 걸음 잎의 배냇짓
옹알이하는 초록 잎 달아내어
맏이 잎 품에 안고
둘째 잎 어깨에 메며
기쁨의 환호성으로 기 세워
사막의 열 더위와 따가운 햇볕에도
상함 없이 무성한 잎 봅니다

몸에 찬 장식물을 자랑삼은 신부처럼
푸른 잎 손바닥에 새겨 자아내는 영탄(詠嘆)
잊을 수 없던 단풍 추억에 물들며
좀먹은 옷 서서히 삭아지듯이
한낱 가랑잎 바스러져 떨어집니다

가지에 단 엄동설한의 지속될 외로움을
추위에 압도된 애연의 그림자를 먼저 기억해 냄으로
주체할 수 없는 소스라침이
마른 가지에 눈물 보따리 매달고
허무한 세월 흐르는 치대임에
처연한 눈물 뿌립니다.

* 애연 : 침침하고 희미함

42

졸업장

용서를 배우지 못한
영원한 학생

사랑을 실행치 못한
영원한 아이

섬김을 반가워하지 않는
영원한 어른

항상 배우기만 하여
행함을 채우지 못한 학생들이
사방에 너무 많아

늘 배워 애씀이
뭘 잡으려 화닥닥거림인지

되돌려 받을 일 없이 베풀고
허점을 덮은 용서와 사랑으로
미숙한 감정 서로 권유해 줌이
진정 땀 흘려 쥐고 싶은 학위보다
더 큰 명예 훈수여서
난 이제야 빨리 따고 싶은 별입니다.

잊고 싶은 기억

최소한의 지식 없어 성의 부족이란 평을 받고
상심하고 읍곡(泣哭)함은
책임 없는 그들의 말을
내게 딱 맞는 평이라 나 스스로 받아들임이
불굴의 의지를 되새김하며
변명 없는 마음 밭에서 재충전한다

겉은 멀쩡하나 썩은 사과같이 퍼석 존재란 소문을 듣고
허물어지고 퍼짐은
나 스스로 형편없는 존재로 맞아들임이
그의 평이 틀렸다고 증명하기 위해
불로불사의 맥락 잇도록 정제한다

등 뒤에서 사실과 다른 수준 이하의 평을 받고
낙담하고 쓰러짐은
횃불을 들고 쏘다니는 성급한 험담을
나 스스로 인정하는 것이
오늘의 그 평을
우리 집 콘솔 위 액자에 넣어 세워 둔다.

어느 기적

잡은 칼을 뽑아
명분 없이
거슬리는 부하를 죽이려 든다

갑자기 거센 바람이 일어나
그 간계를 곁에 있는 물로 씻으면
납덩이처럼 고요히
친구가 강물에 빠지고 말았다

한 때 유수한 위인이
깊은 물에 덮였다

죽일 자는 살았고
뽑은 자는 죽었다
홀연히.

* 유수 : 조선 시대 요긴한 곳을 맡아 다스리던 정이품 외관직

재회

깜깜한 밤의 선로를 뚫고
함께 만난 자리는
뭘 물어볼 것도 없고
헤아릴 것도 없는
준비된 마음이었습니다

따질 것도 없이
네 공간에 온전히
내 한 몸을 던지는 것이었습니다

뭐 하나 까탈 부리지 않고
어느 것 하나 놓치지 않고
온몸으로 먼 길을 다녀온 널
껴안는 포근함이었습니다

이제 네 상처에
내 뼈마디 굵은 살갗을 비비며 감싸 주어
하나가 되는 길입니다

오작교 건넌 깜깜한 밤을 뚫고
물안개 자욱한 하얀 생명력으로
둘이 하나 되어
너를 얻는 일입니다.

소나무 2

사철 푸른 잎을 꼭 달아낼 기골(氣骨)
뿌리부터 잎까지 암팡진 남다른 목적
옹골찬 결단 기세로 버티는구나

'함께 곱게 물들자, 같이 흩날리자'

목청 높인 외침 그 많은 독려에도
사방 모두 북적대는 아우름에
뚝심 신조로 그 외로움을 달래는구나

바람 휩쓸 때 날려 보냈던 뭇 이웃들의 비웃음
온몸에 걸친 망토처럼 입었던 푸른 솔잎 모욕
잡다한 낙하 송홧가루에 결막 덮은 눈 감으며
청청한 결상 지조로 더 넉넉히 받아내는구나

언제 바라봐도 흐트러짐 없는 근엄한 자태 디디기 위해
낮의 해 밤의 달 흠모하며 수치 뿌리친 당당함으로
고고한 푸른 절개로 한 서린 아픔의 근덕거림 누리는구나!

* 근덕거리다 : 전체가 좁은 진폭으로 순하게 움직이다

담 넝쿨

가자가자 가자
가면
숨통 막는 벽 넘을 수 있다고
힘 있는 박진감의 기 세운다

넘자넘자 넘자
넘으면
절망의 늪 덮을 수 있다고
파릇하게 손짓한다

남들 같이 뛸 만한 다리 없고
타인같이 타고난 재주 없지만
말없이 꾸준히 지금처럼 하던 대로
숨죽여 천천히 규율 지켜 기어오르면
앞선 작은 잎 하나
전체 몸 줄기를 넉넉히 이끌어 올린다

결국 해낼 수 있다 우리는
끝끝내 지루하고 무미건조한 장애물 넘어가기만 하면
함께 손잡고 목적지 다다를 때까지 넘기만 하면
물 없는 가파른 길 참고 하늘 이슬 먹어 견디면!

부채꽃

처음이나 끝이
변함없는 그날인걸요

그늘 밑 무성한 푸른 잎 없어도
무던한 열린 몸짓인걸요

오직 피어 물 흐르는 보라색 몸짓
웃을 듯 말 듯 반원 꽃 웃음에
사람에게 보이기 위한 겉치레 아닌걸요

숱한 깎아지른 모진 세월 앞
사계절 한결같은 임 향한 바램인걸요

꺾일 수 없는 허리 찬 서리 떨리는 몸
중심 줄기 내려뜨려 펼칠 듯 말 듯
가까운 이웃에게 끝없는 펼침은
더 없는 덕 쌓는 사랑인걸요.

꿩의 비름

살가운 빛 잘 드는 노지
배수 잘되는 사질토양 어디든
여러 번 넘어져도 왠지 버틸 것 같고
한 번 만에 우뚝 설 것 같은 기상 보인다

한국 그 흙에서 익힌 끈기로
몇 개의 굵은 터 잡은 뿌리
밑으로 밑으로만 처지는 향 줄기와
마주친 이마 만나 달궈진 청청 타원형 잎
따뜻이 맞잡은 손에 붉은 열 짙다

원줄기 끝과 겨드랑이 잎에 주렁주렁 단
짙은 자홍색 둥근 꽃 덩치 뭉침은
멈추지 않는 도전으로
혈관 속에 묻은 붉은 작은 알갱이 집합이
한 방향으로 용솟음치는 운동 맥박 흐름으로
어디서나 잘 자라는 신토불이 스민 토양의 강인함 본다.

흰 눈

고소한 누룽지와
홍시의 자연 맛보다 진한 눈발은
사르르 흥겨움 만지며
감칠 단맛 이색 포만에
동그란 눈으로 흥분했던 추억
그날의 흰 튀밥 맛 같아

눈발은
검은 우주 통 속
휘둘리지 않아도 번쩍이며 포성에 열광하는
대학 축제 때의 불꽃 속 열광의 환희에 안겨
화약 포화에 피어나 흩날리는 추억 소리 같아

설원은
큰 저택의 번영을 공의 공정으로 다스려
영화 날린 젊은 영주가
쉼터에서 누린 짧은 풍요로움을
오래오래 맛보고 두고두고 듣고 싶은
영원히 느끼고 싶은 영화로움 같다.

자기 생각

나뭇잎에 쳐 놓은
아침 이슬에 맺힌 거미줄
안개 속에 박힌 운무 자욱한 경관은
크리스털 매어 단
아름드리 진주 같다

거미줄도
해뜨기 전 이슬 덮인 잠깐은
건드리지 않고
보기만 하면서 걷어내고 싶지 않은
멋진 자연 아름다움이다

사람마다 자기가 만든 심성 곱다는 외곬의 사칙연산은
생활에 밀착되는 개성 기질의 양수와
고집으로 헤엄칠수록 자기 함정에 빠지는 음수로
보이지 않는 자기 생각의 거미줄에 걸려서
걷어내고 싶어도 걷어낼 수 없는 파문 일으켜
수직선의 출렁임은 아름다움 없는 자기만의 행복 선이다.

옛 기억

내 나이 들수록 그리움은
이리저리 홀로 달랩니다

내 키가 줄어들수록
쑥쑥 커가는 추억입니다

내 나이 들어 갈수록
점점 젊어지는 그리움입니다

내 몸이 허약해질수록
더 싱싱 살찌는 상념입니다

육체의 집은 날로 허물어져 가는 데
꿈틀거려도 잡지 못한 세월의 아쉬움에
사모의 정은 더 깊기만 합니다.

제목 : 옛 기억
시낭송 : 박영애
스마트폰으로 QR 코드를 스캔하면
시낭송을 감상할 수 있습니다

장승

말없이 늘 지켜보기만 하던 장승이
오늘은 점잖게 한 마디 건넨다

일평생같이 살아왔기에
서로에 대해 많이 아는 줄 알았는데
아는 것이 너무 없는 것 같아
알고 싶은 것도 많고
하고 싶은 이야기도 많은데
소중한 만남 앞에 말했다 하면 큰 소리가 나와
입을 다문 지가 오래되어 답답하다고 속삭인다

늘 같이 서 있고
항상 나란히 있어 대화할 시간이 많은데도
두 사람 다 남만 보고 살았고
두 사람 다 보여주기 위해 살아서
너무 오래 그렇게 살아와서
남의 인식을 깨기가 어렵다.

이제 두 눈을 서로 쳐다보고 그 마음을 보고 싶은데
찾아봐도 그 마음이 없어
숱한 모진 칼날 세월에 잘 버텨 왔지만
마음 없는 함께함은 견디기 싫고
말하면 할수록 조삽하다고 귀띔해 준다

별처럼 영롱히 빛날 귀한 인연이라
혼자보다는 둘이 낫고
혼자 애쓴 수고보다
둘이 더 좋은 결과를 얻을 수 있다는 것도 아는 데
둘이 말만 나눴다 하면 말이 안 된다고 넋두리한다

이런 푸념을 세상에 들리지 않게 하고
하나밖에 없는 너에게
조용히 부드럽게 이야기하고 싶은데
오늘도 실패했다며
말 없던 장승이 푸념한다

우리 둘 다 웃는 얼굴은 있는데
마음이 어디에 있는지 알 수 없어 문제라고
진실한 마음으로 서로 쳐다보면 될 것 같다고
오랜만에 이야기 끊이지 않게 건넨다.

갈대

색 바랜 꿈
하늘 향해 매일 꾸지만
흔들리기만 하고

빛바랜 바램
촉촉한 땅에 심어졌지만
메마른 땅의 엉성한 열매 달아
바람만 들락거리고

긴 세월 감당한 몸
온기 물기 다 말라 버린 떨림으로
세월의 흔적 더듬는
허허로움 넘실대는 백발의 얼굴만 덫 포갠다.

누구에게나

청평 저울 위 산 같은 행복의 눈금은
올라가든지 내려가든지
늘 평형 이루는 지평선은 순간이어서
늘 배움의 때 바로잡고
젊음을 낭비하지 않는 겸허를 따르고 싶다

희희낙락 의기양양하지 않고
패배의 쓴맛에 굴복치 않는
방장부절(方長不折)한 의기충천으로

때론 모루의 낮은 흐름으로
때론 망치로 경우에 맞게
마냥 우툴두툴 가파른 산세
올라가는 길에
이 세상의 이모저모로 배우며
늘 그 평화로움 지키려 다잡는다.

자존심의 단층 활동

분명한 과실을 지적받았을 때
이성으로 충분히 납득하면서도
왠지 모르는 분노가 치미는 굴절
이성의 힘으로 감추어진 감정이
폭발의 힘에 의한 억지 반사

분노를 삼키지 못하니 분노가 사람을 삼키는 시추

감정 내부의 급격한 변동에 의한
진원의 흔들림으로 맘에 없는 말이
행동 외부로 표출된 광기로
휘저어진 분노의 외핵 기세

화산 폭발 같은 분노의 포악성 발휘로
내핵의 지하 동굴 안에 갇혔던 연소성 때문에
싸우는 감정 지층의 돌발적 변화는
자신을 부인 못해 용솟음치는 감정 지층의 꿈틀거림

흙 그릇에 담긴 분노의 오기를 버리지 못하는 진원은
분노가 사람을 버리는 분노 지층의 원초 추파로
고상하지 못하게 표상되는 볼꼴사나운 진앙이
꼭 지진이 일어난 슬픔 같아 눈 감고 싶은 피해 현장이다.

오늘 내린 눈

오늘 대지를 덮어 쌓인 눈은
대청마루에 펴 놓았던
시집갈 막내 이모 위해 펴놓은 이불

외할머니 웃음은
그분의 맘에 둔
아늑한 포만감과 포근한 안온감을
한 바늘 두 바늘 꿰매며
그 희망 이모 위해 오래도록 묶어 두고 싶어
박음질 위에 홀로 빙그레 웃는다

철없던 난
그 새 주단 이불 위에 마냥 눕고 싶고
비비고 싶고 뛰고 싶어서
안 되는 줄 알면서도 은근살짝 만져본다

빨강 초록 공단의 내 욕구는 이젠 사그라졌고
그냥 그 하얀 이불 위에
눕고만 싶음은
어제보다 내가 더 철들어서일까?

처음 시작에

총 없는 군인같이
큰 군복 걸쳐 입었으나
왠지 어설프다

백화점 진열대 위에
화려히 올려놓은 상품 같으나
왠지 어줍다

시집 한 권 읽지 않은 시작에
시 창작 배우지 않은 출발에
교과서 속의 시 몇 편 외운 몽당 지식으로

흐르는 맘 표현해 보며
비유로 은은히 나타내며
돌직구 표현을 사양하며
에두르기 표현을 실천하며
내 삶을 마냥 노래해 보고파서이다

힘껏 달려가면
도착점이 어딘지 알지 못하면서도
그냥 달리고 싶은 출발 욕망과
도착역을 그려보는 열정으로
천천히 오늘도 흐르는 맘 나열한다
아직은 신출내기니까

영수증

새벽이 더디 밝아와 아직은 캄캄한 밤
외로운 잠들기에 사뭇 낮 동안 함께 했던
가방 속 쑤셔 넣었던 사연들

해 저물어 와닿는
싸늘한 실바람의 밀려오는 낮 밀물
꾸겨진 행적들의 색깔 입힌
무던히 골 깊은 행적은
흥분된 낮 태양처럼 타오른다

잠은 새어 나가고
달빛에 스며드는 그리움이 융성하여
허리춤을 추켜세우니
더 말똥말똥해진 하얀 밤 되어
희멀건 추억들 또 쌓아 넣는다
하얀 종이에 박힌 까만 글씨처럼

낙엽

떨어질 이유 알고 떨어졌을까
떨어질 이유 몰라 쌓였을까

떨어져 쌓여 밟히면서
눈물 흘려 보다 못해
알아도 말 못 하는 냉가슴 벙어리

떨어져 밟히어 쌓이며
알면서 굳어지는 멍든 밀랍 귀

떨어져 흩날려
나뒹굴어 밟히어서
갈아 부스러뜨리지 않아도
가루 되어 갈 이파리 몸

떨어질 이유 모르고 떨어져
떨어질 이유 알고 쌓이는
언어가 없고
들리는 소리 없으나
전하는 뜻이 온 세상에 퍼지고
전하는 말이 땅끝까지 퍼진다.

차라리

남을 속이는 것보다
차라리
속임 당하는 것이 낫겠다

남 뒤에서 욕하는 것보다
차라리
욕먹는 것이 낫겠다

무리 지어 남 헐뜯는 것보다
차라리
홀로 있는 것이 낫겠다

남의 것을 노략하여 웃는 개선장군보다
차라리
나 스스로를 다스릴 줄 아는 용사가 되고 싶다.

만남

우물 안에 비친
사람의 얼굴같이
사람의 맘이 사람을 비춰주니
그 빛 한줄기 찬란하다

두 영혼이 함께 기거하여
서로가 만나 포갠 손은
두 빛줄기 한줄기 되어
부드럽다

하나가 된 두 존재로부터
더 밝은 한 줄기 빛이
터져 나올 때
세상은 현란하다.

나는 이래서 시를 쓴다

마치 공들여 세운 집이
갑자기 닥친 쓰나미에 휩싸여 조각난 파편처럼
아름다운 자재들이 엉망진창이 된 폐허를
바라보는 흩어진 심정이었을 그때
백 칸의 집이 굴뚝 작은 틈새 화염에
잿더미 되는 현실을 보았다

반짝이고 빛나던 정금 등대 희망은
나도 모르게 산산이 부서졌기에
개울 속 숨어 우는 개구리처럼
남몰래 흐느끼며 울었다

표현치 못해 서툰 내 감정을
있는 대로 보여주고 싶었다
내 속에 있어 꺼내지 못한 연서를
너에게 꼭 전하고 싶었다
이대로는 널 향한 열애를 묻어 둘 수 없어서
고이 꺼내 네게 선물하고 싶었다

내 맘을 몰라주는 네게
싸우며 원망하지 않았다
내 맘을 알아 달라 안달복달하지 않았다
너무 답답해 북이라도 쾅쾅 치고 싶은 맘을

단지 내 속에 이리저리 휩싸여
머물며 헝클린 연기 내는 감정을
걸러내어 뿜어내는 하얀 연통에서
시의 불을 붙이고 싶었을 뿐이다

그동안 보여 줄 수 없어 성숙치 못한 내 감정
표현이 미숙해 손해 본 억울한 감정을 종지에
깡그리 몰라 줘 아픈 답답한 가슴을 큰 접시에
울어 흥건한 슬픈 맘을 국그릇에 담아
희비애락 진수성찬의 상차림 차려 나누며
잘 담아내어 표현해 웃고 싶어 나는 시를 쓴다
천리 둑 땅강아지 때문에 물새는 경우 또다시 없도록.

지금 난

내 본성은
기분 나쁘면 나쁜 대로
아주 호로록거린 날짐승 같아
경박해 보여요

내 본성은
기분 좋으면 좋은 대로
다 나타내는 빨강 앵두 같아
실속이 없어요

내 본성은
슬픈 맘을 다 끄집어 전달해 내지 못함으로
떨떠름한 덜 익은 감 같아
감칠맛이 없어요

내 본성은
남을 상하게 할 의도 없는데 왜 상하냐고
따져 말함으로 싸우는 것 같아
여들없이 집 뒤란을 서성이는 머슴 같아요

내 본성은
먹은 맘 없는 속이라
남과 다른 어줍은 표현으로 오해를 많이 받아
주인에게 늘 꾸중 듣는 부엌 순이 같아요

지금 나는 본성을 거스르며
감정 표현 곱게 잘해 보려
에두르기 잘해보려
오늘도 골몰하게 시를 씁니다
혹시 여낙낙해질까 하고요.

* 여들없다 : 하는 짓이 멋없고 미련하다
* 여낙낙하다 : 성미가 온화하고 상냥하다

69

걸인연천(乞人憐天)

알량한 지위 우쭐대며 뻐기고
으쓱대며 잘난 체하다가
뭘 먹고 뭘 입지 부인 걱정시키는 기만적인 신사

앞에서는 아양 떨어 칭찬하며 비위 맞추다가
뒤에서는 흠잡고 욕하여 뒤통수치는 못난이 실속 여인

사람에게 보이려고 자기 과시하며
노인정에서 기름 기부한 후에
자기 집 기름 걱정하는 허풍 인사

남을 몰래 잡으려 까닭 없이 덫을 쳐
함정을 깊게 파서 기다리다가 발각되면
줄행랑치는 거미 아저씨

웃겨 못할 일이 이 땅에
연거푸 듣고 봅니다

이를 어쩌지요
괜스레 이런 엉뚱한 일을 걱정합니다.

사랑한다는 것은

사랑한다는 것은
가장 어려운 문제를
푸는 일일 것입니다

사랑하다가 되돌려 받지 못해 빈 그릇으로 남을까 봐
사랑하다가 위험에 부딪혀 못 오를 절벽으로 남을까 봐
사랑하다가 몰라줘서 답답한 멍청이로 남을까 봐
사랑하다가 참 모습을 드러내어 희멀거니 들킬 수 있기에
사랑하다가 그 위험의 줄에 꽁꽁 묶일 수 있기에
아프고 괴로운 것 거절하다 주저함은 변명일 수 있기에

바보 같지만
난 그 사랑 속으로 뛰어들어
문제를 풀어 보고 싶습니다

산다는 것은
모두가 사랑을 베풀기 위한 종이며
사랑받기 위한 일꾼이기에
아무런 위험에 노출되지 않으면
아무것도 하지 않고 아무것도 된 것이 없기에
사랑을 안 순간부터 영원히 그 안에 머물고 싶습니다

온전히 사랑한다는 것은
부여받은 온 맘과 뜻 정성 쏟아
사랑이라는 어려운 문제를
풀고 풀다 보면 풀릴 것 같은
가장 쉬운 숙제일 것 같습니다.

71

난 이제야 알았습니다

다른 사람들은 다 아는 것일 수 있는데
마음의 눈이 감겨 있었던
난 이제야 알았습니다

진실하게 대할 때에는
진장(珍藏)한 웃음의 꽃은 얼굴에 감출 수 없어 만강(滿腔)함을
이욕을 따랐을 때는 나도 남에게 속는다는 것을
난 이제야 알았습니다

모든 상처는 치유를 받아야 하고
치료받지 못한 상처는 덧나는 것임을
어려움을 당하는 때에는
나만 당하는 고통이 아니라 저마다 각각의 어려움을 겪고 있어서
고통은 서로 이해하여 위로하고 어려움은 서로 도와야 함을
난 이제야 알았습니다

아껴 거짓 하며 위장해 탈세할 때는
수억 달러 가진 부자도 부자가 아니어서
더 가져야 하는 가난뱅이임을
난 이제야 알았습니다.

해지고 저녁 하늘 가장 먼저 밝은 빛 발하는 행성이
새벽하늘 동쪽에 떠서 남서쪽에 반짝여 빛나고 있음이
해지고 저녁 하늘에 짧을 동안 말없이 홀로 떠 있는 금성이
그 별을 바라보는 많은 사람들에겐
각각 다른 말의 의미가 된다는 것을
난 이제야 알았습니다

누구나 사랑을 해야 행복하고
사랑받을 만한 사람이 되어야 함을
사랑을 받는 것은 내가 택할 권리가 아니어서
억지로 사랑하게 만들 수 없음을
사랑을 말하는 사람은
행동으로 진실하게 실천해야 위선자가 아님을
결국 산다는 것은 사랑하는 일과 사랑받는 법을 익히는 것임을
난 이제야 알았습니다

부끄럽지만 난 이제야 알았습니다
늦었지만 이제 안 것도 다행으로 여깁니다
남은 삶은 좀 더 정신 차려 조심스레 살아가렵니다.

* 진장(珍藏) : 진귀하게 여겨 깊이 간직함
* 만강(滿腔) : 가슴 속에 꽉 참

내 이모님

업어 주고 놀아 주고
짧은 머리 땋아 주시며
학교 보내어 준 정성보다
치렁한 긴 댕기 머리 이모 냄새가 좋아
방학 되면 달려간 외갓집

융숭한 외할머니 인심 닮은 추녀 밑 널따란 마루
동네 아낙네 디딜방앗간 찧는답시고 모여 둘러앉으면
묵사발 후하게 돌리시던 우리 이모님

외할머니 잔소리 싫은 만큼 좋기만 하다던 이모부
마음 씀씀이는 훤칠한 큰 키만큼 깐깐한 고집 잘 맞춰
흰머리 굳은 줄 이랑에 앞만 보고 쌓은 금보고를
흩어 나눠 찔러주는 재미로 사시는 나의 이모님

가을 익은 추석 다음 날
침대에서 하늘만 바라는 내 어머니 만나러
아픈 허리 둘러매고 뜀박질로 오시는 이모
이모같이 후한 나눔 빼닮지 못한 인색하고 야박한
부끄러운 내 심성 보게 하는 사랑하는 내 이모님!

74

새 상사의 말씀

이제까지
누구도 본 적 없는
강하고
큰 군대처럼

지나간 자리
화염만 이글이글

말로 모든 것을
다 태우는
활활 타오르는 불길로

아무도 피할 수 없는
황폐한 사막의 경고의 호각
황폐한 사막의 전쟁의 나팔.

어머님의 기억

가만히 몸져누워 힘 빠진 몸체
이런저런 지나간 일들이
수없이 머릿속에서 스쳐 지나가며
다시 돌아오지 못할 현실이 안타까워
불현듯 흐느끼며
아름다웠던 지난 시간의 기억이 머릿속을 헤집는다

오랜 기다림 속 지치지 않은
사각 대합실 안 두뇌의 사방에 둘린 황폐와 폐허
인정된 소망 없는 불빛 아래
엄중히 크게만 보는 주위의 시선이다

항상 바라보는 먼 산 두고
아무리 달려 봐도 고향에 갈 수 없고
닿을까 말까 한 허허한 애달픔의 들꽃이
언제 마를지 모르면서
촉촉이 적셔지길 바라는
끝없이 퍼내는 까마득한 한줄기 생각의 샘물이다.

밤 농사

놀며 바람 쐬며 대강 대충
일 년에 한두 번 짬 내어 돌아보며 그러려니 했는데
수확할 때마다 내심
이게 어디냐고 벙글벙글했다

지나는 이들이 다 따간다는 화들짝한 소식이 들려
마음 다지고 달려간 밤나무골

울타리 앵두나무들 입 다물고 정겹게 눈인사하니
밤나무 옆 쑥부쟁이 억새들 반갑다고 흔들흔들 손짓하면서
자주 안 보니 정이 붙지 않는다고 꼬집어 준다
옆집 감나무도 발그레 부끄러운 듯 손사래 친다

토실토실 잘 익은 밤들은 돌본 것만큼 충실했다며
벌어진 입 다물지 못하며 속맘을 드러낸다
지나가는 갈바람이 시원스레 한마디 거들며
행인이 주인 되는 밭에서
소임 다 한 알밤 충성 꼭 알아주라고

부실한 겸임 농사꾼
오늘은 호되게 한 방 쏘여
겸직의 고단함이 밤송이만큼 따가워
이제 내려놓을까 고심한다.

촛불

신비의 탄생인 양 은은한 하얀 불씨로
빛을 내어 깜깜한 어둠을 밝힌다

완연히 불붙여 달궜던 심지
집념에 몰입해 열렬히 펄럭여 뽐내 보다가
켜진 빛 너울너울 말없이 깜박이며
고단한 삶 덤덤히 받아들인다

하염없이 밀려든 공허의 불꽃 속
일그러진 형체로 쓰러질 듯 흔들거리다가
소용돌이치며 닥치는 환난의 무게
감내하지 못하여 넘어질 듯 허우적댄다

시름시름 앓아 정신없이 넘어져 가는
마지막 남은 가늘어진 후삭
죽을 뻔한 얼룩진 세월에 눈물 흘린다

가만히 부는 바람에 가녀린 빛
가물가물 창백하게 타오르다가
외롭게 꺼져가는 불빛

이 세상 사라질 때까지 숨 쉰 그 호흡
깜깜한 공허를 태워 남긴 까만 점이다.

그림자

물속에 들어가도 젖지 않아요
불에 들어가도 타지 않아요

해 뜨지 않아도 뜨는 내 맘의 투영은
물에 빠지지 않아도 젖고요
불에 타지도 않고 따라다녀요

다른 사람들은 탈삽도 잘하는 데
젖으면 젖는 대로 혼곤하고요
타고 젖은 그 어둠 그대로 내 얼굴에 그려내요

낮이나 밤이나 어디서나
해 뜨든 달뜨든 내 가는 데마다 흥건해요.

* 탈삽 : 인공적으로 떫은(감의) 맛을 뺌

달팽이 사랑

하늘 이슬같이 날 좋아해요
천천히 느릿느릿 표시 안 나게

내 몸담은 혈연 집을 가볍다 이고
용신할 수 없는 뒤쳐 맨몸으로
일 년 먹을 의성 마늘 수월히 사 오시며
그것도 모자라 곰국까지 삶아 온 정

어찌 더 나눠줄까 이질녀 필요 담은
살점 덩이 굴리시며 발탁된 감각 촉수의
헌신 탐색한 이 끈적거림에 뜬 큰 보름달 흔적을
난 뭘 가지고 보답해야 할지요
고마운 나의 이모님!

우리 집 난초

이웃집에 꽃피었다 뽐내기에 우리 집에도
꽃대 있나 들여다봐도 소식 감감했습니다
춘란도 한란도 아닌 돌연변이 같아도
우아하고 고결한 자태는 빼어났습니다

답답한 마음에 천연 미네랄 맑은 물주며
한참 동안 망부석 되어 기다렸더니
걸어 둔 기대 외면치 않아 안개처럼
살포시 그윽하게 안겨 준 달기에 역력합니다

청수 먹어 사랑 얻은 그 보답을
온새미로 담담히 춘만한 향기로
기다려 온 집안 마음에 가득 채웠습니다.

* 온새미로 : 자르거나 쪼개지 않고 전체의 그대로
* 달기 : 보기에 훤하여 높고 귀하게 될 기색
* 춘만한 : 평화스럽다

갈바람

아침저녁 원기 난 신선한 바람은
하늘 드리운 먹구름 쫓아내었고
구름 한 점 없는 푸르름과
풍성함이 우거진 기운찬 흐름은
지붕 위 꿈 익어 부푼 조롱박
통통히 살찌게 합니다

여름 동안 흥건히 떠밀려
진 빠져 질컥거리는 가슴에도
잔잔하고 맑은 물결의 추파는
은은하게 눈짓하며 달려와서
내 까칠한 속살 부푼 밤껍질도
야금야금 넉넉히 벗겨 냅니다.

딸 기다리는 마음

온다는 날 아니 오는 사람
조만간 온다는 언약
그걸 잠시라도 믿고 싶은 마음

낯설지 않은 듯 할지 말지의 말
공증서 없는 봉함 약속이
깨어진 보석 주워 담아
땜질하려는 세공사 마음입니다

어느덧 날 저무는 서녘 하늘엔
달덩이만 한 그리움이 또 한 바구니 주렁주렁
번지는 허탈한 맘 쏟아 내 버리려 하나
달라붙어 뗄 수 없는 강력 접착제입니다.

그녀의 기도

산골짝 길 귀퉁이 바위 동굴 안
어둠 뚫어 촛불 밝히려
아낙네 멀리 집 떠나 손 전화 끄고
소나무 뿌리 잡고서
울며불며 올리는 무릎 꿇은 소원

두 손 올리는 돌흙 자리의 기도
집보다 더 편한 간절한 기도가
그녀의 애간장 부담이 잠재워지길
산행 가던 나도 하나님 향해
고개 숙여 잠시 복을 빌어준다.

친구

우리의 우정은 추수하는 날 얼음냉수 같아
시원케 하는 천연 미네랄 살아있는 해양 심층수이며
우리의 호의는 여러번 으깬 달고 진한 쌀엿 맛이지

서로의 진심에서 말미암은 충고는
흙마늘 진액같이 상큼해 톡 쏘는 자연의 맛이며
기름과 향이 사람의 맘을 즐겁게 하는 것 같이
서로의 충성된 권고가 설탕 없는 올리고당이지

사람의 마음은 서로 비추니
서로의 얼굴을 빛나게 비추게 하여
골동품같이 오래 두고 값지게 여겨
없어서는 안 될 물 공기처럼 가깝게 두는 사귐으로
오늘도 사랑으로 어깨동무하여 내일을 바라보며 걷는다.

전달된 소식

지상 행복 차지할 쉬운 법
잘 살기 위한 행복 열매 따는 법
하루에도 수차례 전자 전갈로 달려와 기쁜 소식 알려 준다

은행 이자에 휩쓸리지 않게 빚에서 벗어나는 법
지역 내 청년들을 위한 창업자금 대출로 돈 버는 법
아이를 위한 교육 대출로 행복 접시 타는 법이란다

석유 한 방울 안 나는 물 부족 나라
남극 빙설 반 퍼센트 고갈된 자원
지구 둥근 수명 소진해 가는 어둠 깔린 환경 앞에선
구호는 그럴듯하여

갓 태어난 복덩이 귀둥이 지상 행복 차지
젖 빠는 달덩이 먹을거리 신혼의 보금자리
황혼이 누릴 혜택 달래 줄 행복 접시는
어디에 떠다니는지
들려오는 희망에 기대 걸지 않는 사람들은 조용하고
허망한 계획에 열심히 쏘다닌 사람만 손해 본단다

행복 열매 거두는 방법은 돌아다니는 비행접시다
구호가 그럴듯하지 않은 세상에서

나비

어쩔 줄 모르는 꽃들에게
어느 방향으로 나부낄까

간질간질 속삭이며
바람 부는 대로 돌아요

바람 따라 한들한들 웃는 꽃잎에
이집 저집
깨소금 냄새 핀 방실이 소식 전한다

나비 왔다가 간 꽃잎마다 하늘거리는
줄줄이 줄댄
꽃 생명 영글어간다.

짝

먼 데서
손 벌린 대응점

소리가
그려낸 대 원점

너와 나
합일한 사랑 점

나와 너
맺어진 하나의 점

흰머리에 배운 교훈

하루 종일 같은 말씀만 하시는 96세 노인네
어제도 오늘도 똑같은 말씀으로
"거시기가 어디 사는지 궁금하데이
거시기야 내 밥 안 먹었데이
거시기야 뭐라고 했노
인제는 잘 안 보여 거시시하데이"

세상일 다 말할 것 없는 거시기네요
세상일 다 대답 못 할 거시기네요
한평생 살아 봐도 모르는 게 많은 거시기지요
한평생 불렀건만 이름도 잘 안 나오는 거시기지요
한평생 알아보고 힘써 봐도 묻는 말엔
다 대답 못 해 막히는 거시기지요
노인 되면 안 보여 거시시하지요

거시기한 줄도 모르는 그 나이 되면
거시시해도 모르는 그 연세 들면
제가 어르신 나이 돼 봐야
거시기한 어두움 알겠지요
거시시한 답답함 알겠지요
어르신!

기억나는 밤

먼 곳 향해
재빠르게 쏘다녀 울렁인 시절
실비 바람 불어
흰 수국 핀 환한 교정에

불그레하여 웃을 듯 말 듯하며
안겨 준 꽃 한 송이
송이 꽃 흩어질까
조바심한 듯 주뼛주뼛

뜻도 모르고 받아 쥐고
나조차 부끄러웠던 때

불현듯 못 잊는 듯
그 한 송이 꽃이 치렁거린 밤.

대만향포의 태풍 8호

윤기 도는 감동과 촉촉한
활력 얻고 싶은 설렘으로
구름 날개 타고 달려 본 향기로운 항구 도시

고요한 바닷가 즐비한 품격 높은 빌딩에
걷힐 줄 모르는 먹구름 하늘을 덮고
드리워진 그늘 위에 갑자기 몰아닥친 태풍
8호의 위력에 어제 보던 즐비한 행렬은
모두 문을 꼭꼭 닫아 고요함 마저 들었다

달리던 전철조차 소통이 마비되고
깜박이던 휘황찬란한 밤거리 네온사인 뿌렸던
화려한 빛은 밀랍같이 녹아
불 재우는 소화에 높은 빌딩은 차례대로 사라지고
큰 신음 내는 노호의 바다와 거리에 우는 바람

와해되어 내리는 계획된 분홍빛 휴가 여행
내 의지대로 안 되는 삼켜버린 휴가 여정
고통하고 수고해 낳은 것은 바람 같아
하나하나씩 사라지고 조용히 무너지고
후발 꿋발을 후벼 내어도 후물후물 거리는
꼼짝 못 하게 잡아먹히는 흩어진 인생 계획처럼.

방랑자

정로(正路) 없는 길에서
정처 없이
초점 없는 응시로
때 잃은 연모와
엉뚱한 바램으로
저녁노을만 바라보기에
골몰한 자.

미안수(lotion)

촉촉이 흘러와 스며들어 피어나는 신선함
부드러이 부비며 젖어 들어 피어나는 화사함
살포시 만침에 안겨들어 피어나는 윤택함
세미한 두드림에 접촉되어 피어나는 탱탱함

매일 매일 그 양만큼
매일 매일 그 향만큼
번지며 떨어져 흘러가는
몸 안에 사랑의 물살이
촉촉하고 부드럽게 품을 적셔요.

극점

집집마다 아이 한두 명을 왕으로 키운
부모 탓에 자기주장을 관철하는 기술은
무장한 개선장군의 비장함이 왕과 하나 되어
자기 도성을 고수하는 듯하다

이기겠다는 최고봉의 억지와
허울 좋은 말 껍질로 덮어쓴 관철
입이 현인 같은 거품 낀 깡다구와
자신을 속이며 속 빤히 보이는 억측에
남을 깔고 뭉개는 깊은 함정까지

요즘 아이들은 자기 기분 거슬리면
막 대하니 오소리감투가 둘인 듯하여
아이 한 사람 대하기는 근대 한 민족
다스림 같은 어려움이 있다

그들의 하늘 찌르는 고분(孤憤) 격투 기세에
어른은 천안함 어뢰 사건이 터진
그날의 슬픔에 또 잠긴다만
문제 부모가 문제 아동을 양산하니
부모 아이 중에 누굴 채근할까?

* 고분격투 : 세상에 대해 홀로 분하게 여기며 서로 맞붙어 치고받으며 싸움

행인의 여름

자우룩한 구름은 큰 산을 휘감고
흐르는 물줄기 계곡을 적시며
몇 송이 물든 꽃도 솔잎에 앉은
산비둘기 애절한 노래에 젖고
점잖은 산은 은은히 구슬픈데

골짝마다 일어나는 펼쳐진 안개
산골마다 옅디옅게 감돌아들며
산자락 모퉁이 홀로 걷는 나그네의
뒷짐 진 그림자는 노인네 한 발
끌며 쓰러지지 않으려 애쓰는 넘어짐인데

어제 연달아 지는 해그림자의 번져가는 희미한 추억
어스레 구부러진 골짜기의 퍼져가는
엎지른 쓸쓸함의 기슥은 오늘 밤 어디까지.

장령산 휴양림에서

수정같이 맑은 물 바위 위 흘러
산허리 계곡 너끈히 휘감기니
이고 간 내 지체의 시름
낙하물로 남김없이 잊고 싶다

숲속에 숨은 청아한 음악
듬성듬성 찾아내어 단장하니
솔솔바람이 수놓아 엮은
자기만의 노래를 내 귓전에 들려주네

산자락 기댄 튼튼한 계곡에서
골라낸 새 음악이 흥겨움이 되고
솔향기 동양화 정취가 어울리니
내 맘에 연거푸 되뇌는 산조가야금
한 가락 신나게 여겨듣네.

개미

강냉이 주렁주렁 여름이 익어
밤꽃 향내 퍼지고
바람 한 점 없는 팔월
땡볕 푹푹 찌는 한낮

날씬한 허리 까만 개미들
자기 키보다 더 큰 양식 나르며
쉬지 않고 꼬물꼬물

여름휴가도 없는 줄지은 까만 행군.

여름 하루

아침 눈 뜨자마자
창가 매미와 앉아
아침 인사 했다

점심땐 친구 만나
수박 곁들인
냉면 담소 나누고

해 질 녘 하루 종일
청청한 여름 노래
내 맘속에 울창하다.

엊저녁

고요한 적막으로 뒤덮인 뜰 안
밤 지켜 초소 지키는
푸른 노송 아래로

환한 열린 미소로
가만히 다가선 달빛
선녀처럼 안겨 와
속살거리며 왔다가
떠난 그 자리에

어엿한 그림자 의상
반짝이는 별친구만
살짝 엿보는 창틈
잠 안 자던 귀뚜라미 기척 내는 뜰 안.

진실

모두가 정직하다 날뛰는 세상에
말 못 해 죽는 이 없지 않은가
진실이 없어 죽지 않은가

성경 위에
하늘 향해 손 얹어
양심 맹세하건만
나중에 터지는 흉물스러운 거짓 보따리

진실이 그리워
진실이 그리워.

추억

쏠쏠하지 않아
쑥설거린다 하여
없는 것으로 단념하여
잊으려 애쓰면 더 꿈틀댄다

부스스 뜬 눈
낮잠 후 뜰 안에
하얀 구름이 노랑 초록 보라 남색으로
새록새록 연달아 덧그림을 그리고
덩달아 연거푸 퍼내어도 덧깔아 폴랑거리는 솜털같이
끝없이 주렁주렁 꼬물거리는 상큼하고 달콤한 열매

잊으려 안간힘 써 봐도
애쓴 만큼 덧나는 상처
그럴 바엔 차라리
잊지 않으리라
오래된 덧난 상처도 오래 보관하면
내 머릿속 골동품이 될지도 모르니까

채송화

내 맘속 꽃밭 맨 앞줄에는 늘
작고 귀여운 예쁜이 아가를 세워
고개 낮춰 몸집 여린 그 아름다운 본연에서
아스라이 반짝이는 은하의 영롱함 흠모한다

화끈한 햇볕 그 뜨거움 감내하여
실눈 떠 웃어 통통한 초록 볼 밝힌
해맑은 짙푸른 향기 누린다

별 흠모하는 빨강 꽃 나팔거림은
발랄한 귀여움의 천진한 몸짓
누리기만 한 진초록 잎 나울거림은
바다만 한 추앙 빛의 겸손

곰살갑게 나팔거린 의의한 자태
나도 누리며 나울거리고 싶다
여기에서 다 하는 그날까지.

* 나팔거리다 : 가볍게 흔들리어 나붓거리다
* 의의하다 : 바람 소리 같은 것이 부드럽다. 아름답고 성하다
* 나울거리다 : 큰 물결이 굽이지어 흐르거나 움직이다

7월에 남아서

몇 번의 황토 봇물 휩쓸어 몰려간 물줄기
도시 좋아 계곡 좋아 떠나간 그 자리에
남 호사하는 것 넘보지 않아 남고 또 남아
이제 다시 본원에 세워짐을 압니다

하늘에 매단 입과 땅에 쏠린 그 혀를 빛난 로고스로 찔러
지식 단지 박사 허울 약 싹 빠른 너울에 허 찔리지 않아
탐스럽든 비쩍 말랐든 큰 송이 작은 송이
외모 색깔 겉껍데기 연연치 않아 초지의 신뢰 초환합니다

해마다 7월이면 채송화 피고 지어
때론 웃었다 수시로 눈감았다 반복하여 무더기로 씨 맺음에
빨강 고추잠자리 떼 지어 날고 흩어져
잘 익은 토실 밤 영글어 오는데

이것 좋다 저것 신선하다 자랑해 떠나
다시 돌아와 남지 못할 비바람에 떠다니는 구름처럼
너 좋아 따라가 휩쓸린 홍수 흐름에 자취 없는 그림자
다시 돌아와 남지 못할 그루터기

겹겹이 남루함과 음애 없는 그 토지에 남고 또 남아
맑은 바람과 밝은 달에 많은 물 많아도
청량 생수는 배 채울 정도에 불과함을 알 따름입니다.

* 초환 : 불러서 돌아오게 함
* 음애 : 산 북쪽의 햇볕 들지 않는 낭떠러지

108

다 한 사랑

어느 날 죽는 것 빤히 안다고
내일 사는 것 그만둘까

쓰고 팔고 나면 소실된다고
남자들 위한 뒷바라지 안 하실까 그분이

그들 위한 터진 돈 줄 대려
있는 것 다 팔고
가진 것 다 쓰고도 유유낙낙하셨어

그 여인은
아들이 만든 터진 구멍
물방울 이은 두레박으로 물두멍 채우듯 채웠지
남편이 만든 깨진 언약
강변에 주운 차돌들로 뚝 방 쌓아 막아줬지

지금은 고독으로 천정만 뚫어져라 쳐다보시는 약한 노인네
이어 줄 따뜻한 아들은 한 방울 차가운 물인가
불행으로 터진 보따리 막아 준 차돌은 자연물 유입 금지이니
이어 주고 막아 준 어머니의 다 한 사랑
이어 막은 다 한 사랑이라 물두멍 물까지 마른 사랑인가

* 유유낙낙 : 명령하는 대로 순종하여 응낙함

109

맛사지

대가 지급 톡톡히 했으니
날 위하겠지
맡긴 내 몸

비비고
보듬고
어루만져
시원타 눈 감은 뒤
경락이란 말 믿고

그녀와 헤어진 후
방에 와 발견한 시퍼런 멍든 상처
꼬집는 것 같을 때
아프다고 말이라도 할걸

애간장 탄 달콤한 사랑
가슴 터지는 아픔인 줄 알면서
내가 좋아 나눈 사랑이라
늘 혼자 꽁꽁 아파한다
한 마디 말 못 하고....

미련

너보다 못난 이
또 어디 있을까

한 줌 질러 주면 좋아할 걸
한숨 찔러 주고 후회하지
죽어라 싫어해 듣지 않는 소리를
기회 되면 또 쏘아대어
고주알미주알 캐어낸다

즐겨 받지 않는 선물
받으라 안달하여
일곱 번 넘어진 그 자리를
또 가서 자빠져 코 깬다

절구에 넣어 공이로 찧으면
너 껍질 벗어질까?

여름밤의 합창곡

햇빛 쏟아붓는 낮 동안 아이들 소리 없어
적막한 플라타너스 밑 스쳐 지나는 바람에
놀란 매미의 쩌렁쩌렁한 호령 아래
금성산 마주한 숲길 너머로 붉은 노을 번져 올 때
삽자루 메어 헤어진 모자 눌러쓰고 터덜터덜 걷다가
헐렁이는 구닥다리 노래 흥얼거리는 노인의 신명과
밭두렁 매다 돌아온 아내와 마주 앉아
식사 도중 사랑싸움 쫘당 탕
한바탕 벌려 덜커덩 그릇 씻는 설거지 철렁임 소리

간간히 들리는 별빛 아래 젖은 밤 산새 지절거림에
멀리 머리 위에 노란 별똥별 떨어진 그것 주우러
앞서거니 뒤서거니 돌층계로 올라가는 바람 가르는
소리와 함께
먼 산 바라보는 삽살개 두 마리 정신 차린 듯
다시 달려와 주인이 준 밥 다 핥아 먹다가 밥그릇 뒤집는 소리

30촉 전구 흐릿한 고즈넉한 밤에
모두가 나름대로 입에 낮은음 화음을 맞추니
지휘자 없는 무반주 합창곡
곧 대서 중복의 밤 농촌의 협주곡 아카펠라!

첫걸음마 하는 어린애

다른 이들은 은퇴로 휘날래 장식하는 데
난 첫걸음마로
새롭기도 하지만 느리어 어설프기만 한
새 공간 속을 걸어본다

내 맘은 뛸 것 같은
솟는 은방울 물들로 가득하다
아침과 함께 달려 온 내 길은
광활한 사막 뒤에 자리 잡아
고대 지하수가 그 원천인 오아시스 찰랑임 같다

조금 걷다가 하늘의 모습이
땅에 보인 청청한 숲 신기루를 노래하고
걸어서 쉬면서
흐르는 냇가와 물고기를 바라보며 소곡을 부르고
또 일어나서는 그 위에 나는 새들을 그려 환호한다

걷다가 넘어진 그 상처 아물지 않아도 더 빨리 걷기를
다그친다
상처 없이 걷는 이 없다고
아픈 가슴 없는 첫걸음마 딛는 이 없다고
먼 여정 달릴 열정 없이 배운 이 없다고
더더구나 새삼스러울 것 없는 첫걸음이다.

포대기

어머니 탯줄과의 결별 후
암탉이 품은 날개 아래 병아리처럼
첫 만남에서 찾은 포근한 밀착의 강보이다

소스라치게 무서워 바르르 떨 때 싸 안겨
그 무서움 잠재우던 아늑한 선물 단지
우주 가운데 혼자 외롭다 아우성칠 때
너와 나 하나로 묶은 애착 띠 보자기
어부바 들려오면 들고 있던 것 다 던지고 달려간
어부바 속 포근한 우리 보기 이불
바깥세상 적탄 소음에 혼절할 때
막아 준 견고한 요새

두려움을 웃음으로 변하게 한 곳
울음을 햇빛으로 재생시키는 기적의 용광로이다

업히라고 어부바
업어 달라고 어부바
너와 나 하나 되어 밀착 쌓은
어부바 속은 감칠맛 난 행복세상이다.

제목 : 포대기
시낭송 : 장화순
스마트폰으로 QR 코드를 스캔하면
시낭송을 감상할 수 있습니다

114

수락 계곡에서

산 능선 푸른 협곡
찾아온 고요한 상쾌함 속
가슴 벼랑을 온통 조여 오는
회오리치는 그리움

짙은 청청함 안에
갇혀있어 다 내색 못 한 아쉬움
참았던 오래된 눈물
한 짐 되는 내 슬픔의 무게를

외갓집 단숨에 달려가듯
종종걸음쳐 흐르는 수락 계곡물에
또렷이 그려진 서러움을 쏟아 떠나보내며
강에서 다시 만나자 약속한다

우리 다시 강에서 만날 때는
흐름 가운데 멍든 회포를 다 풀고
만개할 추억 거리 만들 여정을
이제 떠나자
이 푸른 수락 계곡에서.

여름밤

후덥지근한 소서(小暑)의 밤

손으로 땀을 닦아 마루나 어디든 식혀본다
금방 들어 온 구릿빛 얼굴의 농부가
밀짚모자를 벗더니 갈색 냉커피를 한 사발 들이켠다
식혜보다 맛있다며
호미 들고 들어와 저녁 준비 바쁜 아주머니도
밥보다 먼저 커피 한잔 마셔야 살겠단다

남이 하는 대로 따르던 삽살개도 쳐다보며
입맛을 다시며 우두커니
흰 식혜를 마신 뽀얀 얼굴을 한 반달이 땀을 닦는다
세상 많이 변했다며

한 떨기 빗줄기 손님으로 오신다던
시원한 소서(消暑)가 예견된 밤에.

* 소서(小暑) : 하지와 내서 사이에 있는데, 양력 칠월 칠팔일쯤 되며 이
때부터 더위는 본격화함.
* 소서 (消暑) : 더위를 사라지게 함.

시장

시장은
장터 국수처럼
구수하여 유들유들하다

장터는
장(帳) 보따리 터는
터 장이다

아줌마 고함인사
아저씨 너털웃음
우리네 맘을 담고 있다

싸다 자랑하다가도
돈 받고
한줌 더 넣어주는
인심 터다.

* 장(帳) : 한데에서 비를 피하여 들어 갈 수 있게 둘러치는 막
* 터 : 일이 이뤄지는 밑자리

사랑 이야기

함께 한 분홍 비단 방석 위
살포시 떨어뜨린 엷은 그림자
그가 살긋하게 튀어나와
우리 조상과 우리와 후손이 걸어 남길 흔적
그 밤길 가로수에 사뿐히 앉아 있다

가로수 속 잠자다 어설프게 깨어난
열두 마리 새의 잠꼬대 속 조잘거림

흐르는 애환, 날아가는 작약, 지나가는 애련
불어 보는 애착, 잡아보는 애증, 안아보는 애욕
불러보는 애조, 마주 보는 애석, 흘려보는 애수
달려오는 감격, 몰려오는 환희, 걸어가는 연정

영겁회귀의 굴러가는 생의 바퀴
애: 별리-고의 슬픈 곡조 애절한 가락
왈캉 달캉 왈카닥 달카닥
어느 것 하나 버리고 싶지 않은

펄펄 살아나는 그때 이야기
활활 불타오르는 우리 이야기

어제는 살아나고
오늘은 타오르며
내일도 죽지 않는
오늘 어제 이야기
살아갈 우리네 이야기.

* 살긋하다 : 바르게 된 물건이 한쪽으로 일그러지다
* 작약 : 좋아서 날뛰어 기뻐함
* 영겁회귀 : 인생의 기쁨 슬픔 등이 영원히 반복한다고 하는 니체의 학설
* 애 : 별리−고: 부모, 형제, 처자, 애인 등과 생별, 사별하여 받는 고통

왕따

팔베개하여 영롱한 무지개 쳐다봄이
영락없는 왕따는 얼기설기 애애哀哀 하다

춤춰 구울(漚鬱) 할 달빛 바라봄이
황홀해서 더더욱 서럽다
한 손 가리어 흐느끼며

윗목에 좌정한 콩나물시루 보고도
와장창 작은 심장은 시름시름 굳는다.

* 구울(漚鬱) : 향기가 대단한 모양.

장마

장맛비가 성급하다
후다닥
장맛비가 쉴 없다
주르륵주르륵

조용한 낮 입 벌린 빈 양동이에
따닥따닥 따다닥 주룩 주르륵
양동이 물 빌려 머리 감으려던
할머니 머리 긁으며 성끗
차마 밖에 못 나가서 힐끗 가만히
재잘거리는 아이들 성끗 벙끗

실 가야금 타는 비의 경쾌한 웃음

하루 종일 성끗이
진종일 성끗이

장맛비가 웃음을
참지 못해 더 성급하다.

오늘의 충돌

그뜩한 구름 아래
느긋이 끔벅인 정오

옛 친구
정겨운 정자에서 준비한 도시락으로
흐르는 노래같이 부르자 기다리건만

오늘은 왠지 용천할 예감에
내 잘 가는 익숙한 그 길 가겠다
양해를 돋워 달려

포근한 빨간 태양 기호 앞
중립했다 맘 놓은 찰나
꾸벅거린 오수(午睡) 스르르 꽈당 탕
그 뼈 있는 심지는 풍비박산된 바람이 되고
주위 모두가 바라본 혼접한 박살

그곳 쉼 없는 곳에서
잠시 누리려 한 안식
남은 안식마저 삼켜지고

주행 중 쉴 곳 없는 도로 위
잠시 흐늘거린
스르르 인색하지 않은 눈 감은 편안함

어디든 언제나 쉽게 깨어 있기 아까워
눈 감는 부끄러운 내 습성
번득이는 그 새빨간 태양 앞 활수(滑手)한 토끼잠
꿈도 용천맞은 실없는 소리.

* 활수 : 아끼지 않고 시원스럽게 쓰는 솜씨
* 흐늘거리다 : 매인 데 없이 편안하게 놀고 지내다

박하 꽃

애송이 꽃봉오리 꽃

꽃구경하러 오는 이 없으면 어때요
꽃구름 다녀가면 되지요

꽃놀이 영접할 일 없으면 어때요
꽃눈 달린 꽃말 안으면 되지요

꽃다발 만들지 못하면 어때요
꽃다지 맺으면 되지요

꽃동산으로 덮지 못하면 어때요
꽃무늬 달콤함으로 덮으면 되지요

오뉴월 햇빛 융합된 꽃다운 층층이꽃
이 세상의 감미로운 향수이며 되지요

오뉴월 햇빛 융합된 애오라지 꽃다운 너
이 세상의 푸르른 향유이면 되지요

오뉴월 햇빛 융합된 꽃다운 청춘의 꽃
이 세상의 유용한 약초이면 되지요

꽃다운 너다움 있으면 되지요 뭐

꽃신 신고
꽃 너울 쓰고
꽃바람 누리며
현귀할 풋풋한 너의 이름

잠시 후면
비단 꽃방석에 앉아 꽃가마 탈 그날이 올 거예요.

푸른 들판

큰 산이
굽어보고 있다

맑은 물은 흐르면서도
먼 산을 잊지 못한다

졸졸 흐르는 물은
호수에서 빛난다

수정 같은 호수에
햇볕은 살포시 내려와 앉고
햇빛 먹은 푸른 들판은 낮잠을 잔다
큰 산이 보고 있는데....

내 어머니

닫은 잿빛 방문 안
베일 덮은 아득한 하늘 가
어디에도 활짝 웃으며 빰 부비며
기어 올 아기는 보이지 않는다

오직
침대만 한 근심을
땅에 쏟아
무거운 짐 등에 업으신
어머니만
천정이 하늘인 양
하루 종일 바람같이
지나는 구름길 마중하려 바라보신다

보아야 할 것을 다 못 보신
전능자의 그 별자리에 심취하심으로
못다 한 사무친 말들을 하늘 공중에
매달아 고요히 침묵으로 응시하신다

우리 오 남매께 닥치는 풍우 대작 막으시려
좌수우응하시다 무너진 두 팔은
가슴에 무너진 무거운 삶의
과체중으로 꼼짝 못 하심이다

전속력으로 질주하시다 소진된 사물(死物)된 두 다리는
지친 고달픔을 안은 중후한 삶이 서지 못하심이다
안 나오는 소리 눈 껌벅
침묵하심은 해용하신 선탈이시다

인생 고개 굽이굽이 넘으시며
목초지 푸른 초장의 광채가
안개같이 사라질 것을
예견 안 한 것은 아니지만

가슴앓이로 다 못
부르신 어머니의 그 노래는
제 가슴안에
애끓어 구성지게 크게 들려옵니다.

* 선탈 : 매미기 허물을 벗는다는 뜻. 낡은 인습 속박에서 벗어남
         속사에서 초연히 벗어남. 현상에서 이상을 구하여 빠져나감
* 좌수우응 : 이리저리 바삐 순응함
* 해용 : 바다 같이 넓은 마음으로 용서함

딸과 나

못난 딸 나무라며 내리친
회초리가 싹 난 대청 되니
그 나무에서 채취한 청색 물감이
내 가슴에 질펀히 살아 번져있다

내 취향 내 성향이
너에게 모여 있고
그 맛깔, 성깔, 때깔까지도 그대로 흐른다

못났다 준 꼬집음은 나를 말하고
고치라고 할 책망은 나를 지적하니
네 속에 내가 흐르고
내 속에 네가 박혀 있음을
못난 딸을 보고 나를 만난다

나를 만난 그 어둔 밤 별빛이 반짝였다
나를 본 그 캄캄함에 섬광은 번쩍였다

못났다 준 핀잔과 고치라고 할 책망은
고쳐질 것 같은 일시적 수줍은 금단증상일 뿐
난 오른손으로 말없이 두 눈을 덮을 뿐이다.

* 대청(woad) : 그 잎에서 채취한 청색 물감, 청색 염료
* 금단증상 : 습관성 물질에 중독된 자가 이런 것의 복용을 끊었을 때
　　　　　　나타나는 정신 및 신체상의 증세

사랑하는 나의 임

평강을 잊어버리고 복을 잃어버린 시간에
임은 말없이 나를 바라보았습니다
나의 힘과 소망이 끊어졌다고 한 그때에도
임은 묵묵히 같이 가자고 손을 내밀었습니다

내 고초와 재난 쑥과 담즙을 마실 즈음에도
임은 나눠 마시면 덜 쓰다고 같은 잔을 마셨습니다
내가 이웃에게 조롱거리가 되는 것 같고
종일토록 노래 거리가 되었을 때도
우리는 조롱거리 웃음거리가 아니라고 힘주어 강조하
셨습니다

내가 둘러싸여 나가지 못하게 되었고
나의 사슬은 무거워 움직이지 못할 때도
하늘 이슬 머금고 일어서자고 무궁한 메시지를 전해 주
셨습니다

이제 나도 함께 고요한 님에게
흙 도가니에 일곱 번 단련한 은 같은 순결함을 쏟으렵니다
임이 좋아하는 그 보배를 이 질그릇에 채우렵니다

임을 영원히 바라보면서.

바라만 보아도

넓고 푸른 초원엔
많은 새 높이 뛰다 주저앉고

솜털 같은 외로운 구름
온화하게 노 저어 유유히 지나간다

멀리서 바라만 보아도
좋기만 한 것은

오로지 옆에 넉넉한 강물이 있음이다
또 그 옆엔 물가에 심은 푸른 나무의 청청함 있음이다.

거미줄

영롱한 정실 따라 귀한 소품 전송했지
문짝이 돌쩌귀 따라 돌듯
냄새 없는 깨소금 소식 서로 화답하여
게임 없어도 흔쾌한 옛정 흐르는 금수강산 신록 향촌

청색 자색 땋은 전신주에 실 바이러스 들어와 엮이고
연분홍 봄 언덕에 살인 진드기 함께 스며들어
땅에 발 닿은 몸들은 꿈 풍선 잡은
금송화 구름 되어 실 그네 탄다

전송되는 옛 흐름 살아내어
들려오는 그 소리에 엮이어
스미지 않아야 드높고 넓은 하늘 안아 볼 수 있다.

죽염

한 철 뛰다 주저앉아 못다 운 메뚜기 박제처럼
속 빈집에 갇힌 땡순이 넌
맘 여리디여린 작은 소녀
눈가 눈물 살포시 훔치며
조용히 앉아 본 자리 지킨다

죽인 고함 울어야 할 북받친 서러운 눈물 퍼지고 번져
깎은 시련의 아픔 이토록 부드러움이 녹여 시원을 묻어내고
징계받아 겪은 시련의 눈물로 온유함 배어 내어
속앓이로 잘 만든 놋그릇의 윤기 솟아내며
보일 듯 안 보이는 청결함 반짝 정제하는 자연 기둥 맛
얼핏 보아 없어도 될 듯 시시한 너의 존재는
소복하게 잘 담겨 새긴 운영 매뉴얼.

기다린 날

달력에 점 찍어 수놓아 꿈꾼 날
더 바랄 것 없는 행복이 쌓여갔어요

오지 못할 길을
대답만 '응'해 놓고
뒤돌아보지 않아
차가운 꽃샘추위에 떨었지요

반짝이는 이슬
영근 보석과 함께
기다림에 꿰매 달아 놓고
열리고 닫히는 문에 눈 꽂히니
보이지 않았던 앞뜰에 떨어져
소복소복 만개한 하얀 꽃

애끓은 청아한 애가 부르며
흔적 없는 발자국
여운으로 도장 찍어
돌아보아 두리번거려도
투명 컵만 번뜩여지니

찌푸린 흐린 날에
해 뜰 따사한 봄날을 위한
자주 망사 리본 다시 맨다.

우리의 대화

큰 소요도 없이
입 벌리고 침잠하는
한 가정의 힘겨운 그림자

한없는 사랑의 맞대결과
대응하는 만남의 맞불에서도
다 타지 않는 검정 숯

곁눈질하며 흘러가는 화목은
풍선 들고 구름 잡으려는 아가 조막손
성경의 문자 위에 얼룩진 평안의 격투

멀뚱함과 침묵이 이제 다정스러워
얼음 깬 언어 꿰어 살아 있는 흐름이 살갑도록
끝없는 지루한 눈 맞춤의 외침은
말 없는 답답한 말의 시작이다.

무료 공부방

울어 볼 남은 기력 다 소진한 아이야
오늘도 영롱히 울 안 함박 핀 꽃
여기가 네 아름다운 자태에 흠뻑 반한 자들의 피난처구나

잊지 못할 언약 따라
비정한 찬 서리
자양 없는 흙 밑에서도
기지개 켜며 만개할 힘 숨죽여 예비하며
곡우 그날의 단비 쏟아 흘려버릴까 봐
하늘 담은 연못을 힘겹게 연이어 팠구나

귀족들이 여유롭게 놀다간 뒤뜰에서
우린 전능자가 내리시는 비단 바람과
세쌍둥이 낳았다고 여왕이 주시는 하사 기금 여전하니
풀 위 이슬 같은 후원자들 지핀 등불 타오르게
그 은택에 감사 찬사의 휘파람 불자

흥겨운 눈 맞춤의 꽃망울 맞대어 만개하도록
더 높은 영원한 새 안식처 찾아 떠나자.

7월의 안부

요즘 장마의 우기로
마음조차 좀 우중충했는데
늘
해님같이 따사한 임
늘 그 자리에 좌정해 계시지요?

축축한 우기 속에서도
살짝 내미는 햇살은
눈부시네요

초록 입은 잎들의 물오름처럼
늘 산뜻하소서.

중년 상처

새로운 도전이 아니라
사회 적응에 찾아온
예상 못 한 재미가 마른 시기
왜인지 모르게 우울해지고 무기력해질 때
인생에 회의감이 젖는 8월의 찜통더위이다

뭘 해도 재미없고 지루하여
반복되는 안주한 일상
생각하는 것도 싫어
경각심이 없는 안정감은
매너리즘에 빠져 노곤해진다

그저
흘러가는 대로 떠내려갈 수 없어
위험을 감수하고라도 활기를 되찾을 수 있는
삶의 변화를 위한 도약으로
꿈틀하는 소나기 한줄기 지나가야 한다면
시원하고 상쾌하게 폭우라도 맞겠다.

궁민(窮民) 촌

으깨어져
버려지는 것만은
안된다는 듯
바르르 떨었다

유력한 자가
다 걷어간 후
높은 꼭대기에 달린
두세 개의 홍시같이
옹기종기 남은 자들.

가을

피고 진 자리마다
말끔한 공기 마신 갈잎들이
상쾌한 즐거움을 품부(稟賦)합니다

풀잎에는
영롱한 이슬로
찐 더위 한 자락 개켜둡니다

피고 진 자리마다
주인의 계획한 기쁨을 위한
신선한 농익은 나눔입니다.

겨울 임

임은
동짓달 혹한에
나를 위해
벙긋 피는 아랫목 치자 꽃입니다

나도 임께는
맵찬 바람에 떨며
헤진 얼룩 정을
주섬주섬 꿰매는
시들지 않는
한파 꽃입니다

우리는
애틋한 사랑을
하양 눈발 서린 밭 위에
한땀 한땀 잇는
조각보 꽃입니다.

길 위에서

질고 많았던 내 삶 슬픔 자락에
묵묵히 동행해 준 님과의 연합은
고요한 수면 위
윤슬 같은 반짝임입니다
눈부신 환대의 경탄입니다

흘러가다가 멈춘 우리 이야기가
썩지도 않고 도란도란 모여
토실토실 익어 겹겹이 쌓여
햇볕 비취는 찬가가 됩니다

목화솜처럼 피어오른
잠재웠던 임과의 만남 기억은
새롭게 여울진 환희로 휘감깁니다

환난 많았던 내 삶
슬픈 자락의 가는 길 위에서!

임은 봄

엄마 무릎 위에서 애교 부리며
하르르 웃던 우리 집의 목련이
다소곳이 입을 다뭅니다

이번에는 뜰 안의 철쭉이
까르르 웃어 줄
망울 채비 한창 번집니다

환한 웃음 방실거리며
집 문 앞에 건실히 서 있던 라일락이
엄마의 풍만한 가슴 향기처럼
미풍에 흩날립니다

사방팔방 어디든 계신 나의 임은
준비도 없이 차림이 없어도
연이은 봄꽃으로 환하니
생동하는 사철 만개 꽃입니다.

임 안에

해와 달은 눈 감았는지
물안개 한 자락 자국 덮여
높은 산꼭대기 푸르름은 보일락 말락 합니다
그 아래 흐르는 잔잔한 물소리가
온 땅을 꽉 채웁니다

이 모든 아름다움을 보게 한
아침에 전해 준 사랑 노래가
내 안에 흥건히 적시니
임은 처음과 끝이 여전히
내 안에 흐르는 원천수입니다.

임 바라기

햇볕과 바람을 받은 것으로
오롯이 행하려고
단 마음으로 기울였습니다

피곤하도록 사모하여
임을 바랐더니
샘물 솟아나듯 힘이 소생합니다

임만 함께하면
내 소망은 부끄럽지 않아
없던 것이 있는 것으로 실현이 가능합니다.

임과 함께

활짝 웃습니다
임이 볼 때만 아니라
나 혼자 있을 때도

눈 감아도 임의 진귀한 사랑 빛을
가지런히 꺼내 봅니다

사그라지지 않는 참사랑의 언약이
내 맘 깊숙이 자리 잡고 있어
임과 함께여서 활짝 웃습니다.

님의 아침

지평선 위 잔잔한 햇빛에 비치어
반짝이는 잔물결의 아름다움이
내 가슴에 남아 있는 찬란한 님의 빛

힘 있게 솟아오른 노을 친 아침과 함께
어제까지의 따사로운 님의 훈훈함이
다시 품는 시작입니다

늘 은혜가 퍼지는
은은한 님의 표정이
또 온 천지를 밝혀지니
온통 초록빛 희망 물들여집니다.

님의 이름으로

출렁이는 바다 물결 위 항해에서
소망의 돛을
귀한 님의 이름으로 올렸습니다

세상 소용돌이치는
바람 부는 대로 밀리지 않으려
님의 이름으로 키를 젓습니다

때론 내 생각으로 물 들어와
기울여진 항로가 발견되면
아는 즉시 다잡고
좌절하고 낙담하지 않으려
님의 이름으로 노래하며 움직입니다

내 인생 항해 길에 임이 건네준
작은 키를 잡고 있음을 흥감해 합니다

출렁이는 바다 물결 위 항해에서
귀한 님의 이름이
순풍으로 닿을 나의 안전지대입니다.

바람개비

누가 쫓아오지 않지만
늘 바삐 바퀴를 돌리며 앞으로 질주합니다
달리다가 바람과 마주치고는 힘겨워하고
때로는 너무 쉽게 뺑 돌아 후들거립니다

누가 등수를 매기지도 않는데
내 원함을 날개에 싣고 날기도 했습니다
오르는 듯하더니 가파르게 곤두박질하며 바르르 떱니다

달리다가 날다가
후다닥 가버린 내 꿈의 허허함이여
꿈 날려 버리니 바람 따라 도는 차분한 나의 삶입니다.

연꽃 향기

무너져 내려 질펀한 그대로
꼼짝할 수 없는 어혈 응어리
고인 웅덩이 속입니다

진창 속에서도 떨치는 기세로
살려낸 미소는 고요하고 평화스러워
질펀한 자리 빼닮지 않아
영근 속은 청렴하여 염연합니다

떠나올수록 청아한 향기 진하고
멀어질수록 우아한 온 누리 잊을 수 없어
눈앞에 보이는 듯 또렷합니다.

* 염연하다 : 욕심이 없어 마음이 화평하다

열대야 속

달콤한 잠이
에어컨 선풍기 소리 듣고 깨어나
매미 노래에 빠진 창문 밖 큰 달의 옛이야기를
가슴에 쓸어 담아 쓴 물을 흘리는 밤입니다

에어컨 선풍기 없던 그때는
땀띠 난 등에 두세 바가지 물로 멱을 감고
할머니가 쪄 준 옥수수의 구수한 맛과
꺼지지 않은 모닥불 냄새가 추억 길이 되어
가족들의 챙겨둔 이야기는
평상 위에서 단물로 가슴을 적셨습니다

창문을 닫아두고 에어컨 선풍기 소리 들으며
창문 밖 고향 잃은 옥토끼 두 마리 사는 곳 찾아
진주 문 두드리며 긴 밤을 뒤척이며 헤매 다닙니다.

채송화의 미소

훤칠한 키 기대할 수 없음인데
내 가진 다섯 홀 잎
다행으로 여겨
이슬 머금고 나풀거립니다

기름진 비토 바라볼 수 없음인데
품부 된 퍼석한 땅 일구며
지치지 않는 귀엽고 부드러운 눈웃음
환히 자아냅니다

한여름 잿빛 우기 중에도
상그레 웃으며 담는
그 단아한 첩승무
멈출 수 없습니다.

* 첩승무 : 남자 여섯 명의 무동이 하나는 앞에 하나는 뒤에 또 왼편과 오른편에 각각 둘씩 서로 위치를 변하면서 노래를 부르며 추는 춤

코스모스

가녀린 허리 곧추세우고
풀벌레 소리를 즐거워하며
잎사귀 마를 줄 알기에
오늘이 더 소중하여
노니는 새들의 노래를 음미해 담습니다

겨와 같이 바람에 흔들려도
어깨동무하는 친구와 함께
상쾌한 이슬 받으며
이리저리 잇대어 눕습니다

반짝이는 별빛 심중에 담으려
구름 이동을 관심하여 잠잠히 바라보며
평안히 눕고 자기도 하면서
깜장 추억 씨 맺을 준비 한창입니다.

기다림의 코스모스

형형색색으로 물드는 여린 부끄러움 풀어보려
온종일 길 위에 서성입니다

흐트러진 맘 가지런하게 가다듬고
새벽부터 이슬 머금은 청순한 아름다움
저녁까지 고이 간직되길 바랍니다

크게 타오르는 보고 싶음
그 하나의 그리운 염원으로
언약의 사자가 오시는 길 놓칠까 봐
지나며 들은 소문 꼭 성취되길
바람을 따라 소망합니다

설렘과 그리움의 기대를
방그레한 웃음으로
맵시 단장한 들꽃
여인의 기다림입니다.

제목 : 기다림의 코스모스
시낭송 : 박영애
스마트폰으로 QR 코드를 스캔하면
시낭송을 감상할 수 있습니다

하나 될 텐데

새처럼 밝은 목소리 화창한 명창 소리로
그 시간을 메꾸니 그저 멋지더이다
학자처럼 논지가 분명하여 그 체험 녹지 않아도
조리가 있어 그저 부럽더이다

경우에 합한 때 맞는 고수의 감정 추임새 곁들인다면
우리 서로 같이 손뼉 칠 감흥으로 하나 될 텐데!

아이 모두가 해맑게 웃는 말 귀히 여기고
어른은 마음을 잘 헤아리는 귀명창으로
우리 서로 하나 되어야 할 텐데!

아이처럼 투명하게 웃는 어른들이
고운 사랑 꽃피울 어른들이 이별합니다

이별한 어른들 보이니 참 애석합니다.

정원 안의 흙 한 점

한송자 시집

2024년 12월 18일 초판 1쇄
2024년 12월 20일 발행
지 은 이 : 한송자
펴 낸 이 : 김락호
디자인 편집 : 이은희
기 획 : 시사랑음악사랑
연 락 처 : 1899-1341
홈페이지 주소 : www.poemmusic.net
E-Mail : poemarts@hanmail.net

정가 : 15,000원
ISBN : 979-11-6284-579-0